KB266799

내가 엄마 아빠를
사랑하는 이유는

두 분이 제게 얼마나 아름답고 소중한 존재인지를

한번쯤 진실하게 고백하고 싶었습니다.

이 작은 책을 완성하는 동안 두 분의 몸과 마음을 받아

살아가고 있는 제가 얼마나 행복한 사람인지 또한 깊이 깨달았습니다.

엄마 아빠와 함께했던 그리고 함께할 그 모든 순간을 사랑한다는 말로,

고마움을 전합니다.

존경과 사랑을 담아 ________________ 올림

천사조차 두려워하는 길을 걸어가는 사람이 있습니다.

바로, 부모님입니다.

제가 태어났을 때 엄마는 　　　　살, 아빠는 　　　　살이셨죠.

제가 세상에 나와 처음 잰 몸무게는 　　　　킬로그램이었죠?
덕분에 지금껏 이렇게 건강하게 살아가고 있답니다.

이다음에 제가 결혼하게 된다면 엄마 아빠의 이런 점을 닮은 사람과
하고 싶어요.

이다음에 제가 결혼하게 된다면 엄마 아빠의 이런 점을 닮은 사람과
하고 싶어요.

엄마 아빠의 젊은 시절 연애 이야기를 들으면 떠오르는 노래는요 :
(해당되는 사항에 모두 ∨ 표기를 하세요.)

☐ 김동률의 〈감사〉

☐ 버스커 버스커의 〈벚꽃 엔딩〉

☐ 이소라의 〈청혼〉

☐ 레드벨벳의 〈빨간 맛〉

☐ 그 밖에 : ___________________________

엄마 아빠와 함께하고 싶은 취미활동은요 :

☐ 클래식 기타

☐ 실내 클라이밍

☐ 바둑

☐ 테니스

☐ 그 밖에 : ___________________________

부모님과 함께 찍은 어린 시절 사진이에요.
(그림이나 짧은 글 등도 넣어보세요!)

부모님과 함께 찍은 어린 시절 사진이에요.

부모를 공경하는 효행은 쉬우나,

부모를 사랑하는 효행은 어렵다.

장자莊子

눈을 감으면 아련히 떠오릅니다. 부모님의 모습이요.

(언제, 어디서, 어떤 옷차림, 누구와, 무슨 일로….)

아버지와 어머니와 자식,

이 세 가지는

세계를 결합하는

가장 오래되고 영원히 아름다운 화음이다.

〈탈무드〉Talmud

두 분이 즐겨 부르시던 노래가 아직도 귓전에 선해요.

(즐겨 연주하시던 악기도 있었나요?)

특히 이 구절을 좋아하셨어요.

- 요리할 때 틀어놓으셨던 라디오

- 향긋한 섬유유연제 냄새

- 부모님의 웃음소리

- 아침마다 내린 원두커피 향

- 프라이팬에서 뭔가 구워지던 소리

- 우리 집 강아지 짖는 소리

- ____________________________

부모님과 꼭 다시 가고 싶은 곳이 있어요.

훌륭한 부모 슬하에 있으면 사랑이 넘치는 체험을 할 수 있다.
그것은 먼 훗날 노년이 되더라도 잊히지 않는다.

루트비히 판 베토벤 Ludwig van Beethoven

집에서 엄마 아빠와 함께 이런 일을 할 때면,
저는 특히 즐겁고 신이 납니다:

☐ 엄마랑 서로 손톱에 매니큐어 발라주기

☐ 엄마 아빠와 야식 시켜먹기

☐ 아빠랑 공포영화 보기

☐ 엄마 아빠랑 맛있는 요리해 먹기

☐ ___________________________________

제가 두 분께 가장 기대고 싶었을 때는요.

제가 두 분께 가장 큰 고마움을 느꼈던 때는요.

제가 두 분께 가장 미안해서 어쩔 줄 몰랐을 때는요.

□ 잘 자라, 우리 강아지

□ 우리는 너를 정말 사랑해

□ 너무 애쓰지 마!

□ 뭐 필요한 것 없니?

□ 엄마 아빠는 언제나 네 편이야

□ 걱정 말렴, 자고 일어나면 다 괜찮아질 거야

□ 뽀뽀 한 번 더 하자

□ 오늘은 실컷 놀아!

□ 누가 뭐래도 넌 너무 멋져~

□ 와우~ 축하해!

□ ___________________________

그때 제 곁에 있어 주서서 얼마나 고마웠는지 몰라요 :

- ☐ 초등학교 입학식 때
- ☐ 무서운 영화를 봤을 때
- ☐ 잠들 때까지 책을 읽어주셨을 때
- ☐ 자전거 타기를 배울 때
- ☐ 몹시 아팠을 때
- ☐ 말없이 저를 기다려주셨을 때
- ☐ _______ 죽었을 때
- ☐ 함께 ___________ 했을 때
- ☐ _______________________________

- ☐ 비행기 처음 탔을 때
- ☐ 고등학교 졸업했을 때
- ☐ 학교에서 처음으로 상을 탔을 때
- ☐ 대학에 합격했을 때
- ☐ 늦은 밤, 마중 나와주셨을 때
- ☐ _______ 에 참여했을 때
- ☐ _______ 여행 갔을 때

부모님과 꼭 닮은 커플이 있어요:

☐ 지성과 이보영 ☐ 버락 오바마와 미셸 오바마

☐ 이원수와 신사임당 ☐ 로미오와 줄리엣

☐ 빌 게이츠와 멜린다 게이츠 ☐ ＿＿＿＿＿＿＿＿＿＿＿

엄마에게 가장 잘 어울리는 색깔은요:

☐ 초록 ☐ 분홍 ☐ 다홍 ☐ 파랑

☐ ＿＿＿＿＿＿＿＿＿＿＿

아빠와 가장 닮은 유명인은요:

☐ 차태현 ☐ 브래드 피트 ☐ 추성훈

☐ 리암 니슨 ☐ ＿＿＿＿＿＿＿＿＿＿＿

엄마 아빠는 태어나고 자란 고향에 대해 이런 추억을 갖고 계셨죠.

제가 부모님을 정말 사랑하게 된 때는요:

- □ 처음 세상에 나와 눈을 떴을 때부터

- □ 몇 년 전부터

- □ 몇 주 전부터

- □ 한 시간 전부터

- □ ___________________

엄마 아빠가 이러실 때, 전 웃음이 터져요.

만일

만일 내가 모든 걸 잃었고 모두가 너를 비난할 때
너 자신이 머리를 똑바로 쳐들 수 있다면,
만일 모든 사람이 너를 의심할 때
너 자신은 스스로를 신뢰할 수 있다면,

만일 네가 기다릴 수 있고
또한 기다림에 지치지 않을 수 있다면,
거짓이 들리더라도 거짓과 타협하지 않으며
그 미움에 지지 않을 수 있다면,
그러면서도 너무 선한 체하지 않고
너무 지혜로운 말들을 늘어놓지 않을 수 있다면,

만일 내가 꿈을 갖더라도
그 꿈의 노예가 되지 않을 수 있다면,
또한 내가 어떤 생각을 갖더라고
그 생각이 유일한 목표가 되지 않게 할 수 있다면,

그리고 만일 인생의 길에서 성공과 실패를 만나더라도
그 두 가지를 똑같은 것으로 받아들일 수 있다면,
내가 말한 진실이 왜곡되어 바보로 만든다 하더라도
너 자신은 그것을 참고 들을 수 있다면,
그리고 만일 너의 전 생애를 바친 일이 무너지더라도
몸을 굽히고서 그걸 다시 일으켜 세울 수 있다면,

한번쯤은 네가 쌓아 올린 모든 걸 걸고
내기를 할 수 있다면,
그래서 다 잃더라도 처음부터 다시 시작할 수 있다면,
그러면서도 네가 잃은 것에 대해 침묵할 수 있고
잃은 뒤에도 변함없이
네 가슴과 어깨와 머리가 널 위해 일할 수 있다면,

설령 너에게 아무것도 남아 있지 않다 해도
강한 의지로 그것들을 움직일 수 있다면,
만일 군중과 이야기하면서도 네 자신의 덕을 지킬 수 있고
왕과 함께 걸으면서도 상식을 잃지 않을 수 있다면,
적이든 친구든 너를 해치지 않게 할 수 있다면,

모두가 너에게 도움을 청하되
그들로 하여금
너에게 너무 의존하지 않게 만들 수 있다면,

그리고 만일 네가 도저히 용서할 수 없는 1분간을
거리를 두고 바라보는 60초로 대신할 수 있다면,
그렇다면 세상은 너의 것이며
너는 비로소
한 사람의 어른이 되는 것이다

러디어드 키플링 Rudyard Kipling

엄마 아빠의 젊은 시절 사진 중 제가 가장 좋아하는 모습은요:

엄마 아빠의 젊은 시절 사진 중 제가 가장 좋아하는 모습은요:

엄마 아빠께 들은 가장 무서웠던 이야기는요.

그래도 엄마 아빠가 이렇게 해주서서 극복할 수 있었어요!

엄마를 가장 잘 나타내는 표현은요 :
(해당되는 단어 모두에 동그라미를 칩니다.)

따뜻해요   단단해요   유쾌해요

강해요   뜨거워요   멋있어요   대체불가예요

현명해요   비누향   재밌어요

심술궂어요   왕비   와일드해요   점쟁이에요

쿠키 냄새   뭉클해요   아름다워요

너그러워요   분홍립스틱   철학적이에요   뾰족구두

귀여워요   안식처예요   상상을 초월해요

엄마의 초상화를 여기에 그려봅니다. 너무 못 그렸다고 웃지 마세요!

제가 이런 사람으로 성장할 수 있도록
아끼고 응원해주서서 고맙습니다:

□ 적극적이고 모험심 많은

□ 성실한

□ 독립적인

□ 이타적인

□ 정의로운

□ 사려 깊은

□ 꿈을 위해 노력하는

□ 예의 바른

□ 세련되고 매력적인

□ 지혜로운

□ 조금씩 앞으로 전진하는

□ 신앙심 깊은

□ 센스 만점인

□ 유머러스한

□ ________________________

제가 엄마 아빠께 아낌없이 박수를 보냈을 때가 생각나요 :

- ☐ 규칙적으로 봉사활동을 다니실 때

- ☐ 다이어트에 성공했을 때

- ☐ 제가 심한 말썽을 피워도 웃어넘기셨을 때

- ☐ 엄마 아빠가 다투고 금방 화해하셨을 때

- ☐ ______________________________

누군가 부모님에 대해 물으면 이렇게 대답할래요.

세계 1위에 오를 만한 두 분의 기록이 있다면요.

부모님이 우리의 어린 시절을 아름답게 꾸며주셨으니
우리는 부모님의 여생을 아름답게 꾸며드려야 한다.

생텍쥐페리 Antoine de Saint-Exupéry

엄마 아빠를 대표하는 이모티콘은요.

(휴대폰 화면 안에 그려보세요!)

엄마 아빠는 봄이 오면 이걸 참 좋아하시죠:

□ 봄나물   □ 봄나들이   □ 대청소   □ 묵은 이불 빨래   □ 술 담그기

□ 밤마실   □ 입춘대길   □ 텃밭 가꾸기   □ 낮잠   □ ___________________

엄마가 이런 직업을 가졌더라면 최고가 되셨을 거예요 :

☐ 의사. 엄마 말 들으면 아플 일이 없어요

☐ 디자이너. 우리 집 곳곳을 예쁘게 꾸며주시니까요

☐ 스타일리스트. 제가 외출하기 전 머리부터 발끝까지 차림새를 확인하시니까요

☐ 작가. 재미있는 이야기가 샘솟아요

☐ ______________________________

가장 기억에 남는, 부모님이 모르는 척 넘어가 준 일은요.

제가 꼭 물려받고 싶었던 부모님의 유전자는요 :

☐ 유머감각   ☐ 큰 키   ☐ 지능지수   ☐ 깨끗한 피부

☐ ______________________________

우리 가족은 _____________ 와(과) _____________ 이(가) 넘쳐요.

제가 가장 좋아하는 부모님의 모습은 _____________ 다.

두 분은 _____________ 때 정말 행복해보이세요.

☐ 전 세계를 누비는 크루즈 여행 티켓

☐ 엄마가 좋아하는 텃밭이 큰 집

☐ 아빠가 좋아하는 책을 마음껏 볼 수 있는 도서관

☐ 엄마 아빠가 건강해질 수 있는 헬스장이 딸린 집

☐ _____________________________________

부모님의 100번째 생신 축하 파티 모습을 그림으로 그려보면요:

부모님의 100번째 생신 축하 파티 모습을 그림으로 그려보면요:

부모님이 이 말씀을 하실 때마다 제가 천 원씩 받았다면,
저는 지금 엄청난 부자가 되었을 거예요:

☐ 일찍일찍이 좀 다녀라

☐ 공부는 언제 할 거니?

☐ 차 조심해라

☐ 사람들과 사이좋게 지내라

☐ ______________________________

두 분의 일상을 한 권의 책으로 비유하자면요:

☐ 액션스릴러   ☐ 로맨스코미디   ☐ 교과서   ☐ 시집

☐ 순애보   ☐ 미스터리   ☐ 판타지   ☐ 사이언스픽션

☐ 다큐멘터리   ☐ 희귀본   ☐ 고전   ☐ ______________

지금껏 살아오신 두 분의 삶에 제목을 붙인다면요.

단 하루만 유치원 다니던 시절로 돌아갈 수 있다면, 이날로 돌아가고 싶어요.

저를 키우시는 동안 제게 이런 말씀을 하지 않으셔서 참 감사했습니다:

- ☐ 정말 너 때문에 속상해

- ☐ 도대체 누굴 닮아서 그러니?

- ☐ 하지 말라는 건 하지 마

- ☐ 말 안 들으려면 혼자 살아

- ☐ ______________________________

그래서 다짐했죠.

　　　　　　　　자식이 되어야겠다고요!

세상 모든 부모님이 엄마 아빠와 같다면

세상은 훨씬 ＿＿＿＿＿＿＿＿＿＿ 질 거예요.

- 엄마가 좋아하시는 ＿＿＿＿＿ 꽃

- 철마다 수확해서 먹을 ＿＿＿＿＿＿ 나무

- 아빠가 좋아하시는 향이 좋은 ＿＿＿＿＿＿ 나무

- 내가 좋아하는 ＿＿＿＿＿ 나무

- ＿＿＿＿＿＿＿＿＿＿＿

기억하시나요?

너무 황당해서 우리 모두 배꼽을 잡았던 일이요.

부모님 덕분에 생긴 좋은 습관이 있어요:

☐ 검소한 생활

☐ 긍정적인 사고방식

☐ 시간 약속 잘 지키기

☐ 규칙적인 운동 습관

☐ ______________________________

두 분을 생각하며 대대로 물려줄 '가훈'을 만들어봤습니다.

만일 내가 다시 아이를 키운다면
더 많이 아는 데 관심 갖지 않고
더 많이 관심 갖는 법을 배우리라

자전거도 더 많이 타고 연도 더 많이 날리리라
들판을 더 많이 뛰어다니고 별들도 더 오래 바라보리라

더 많이 껴안고 더 적게 다투리라
도토리 속의 떡갈나무를 더 자주 보리라

덜 단호하고 더 많이 긍정하리라
힘을 따르는 사람으로 보이지 않고
사랑의 힘을 가진 사람으로 보이리라

다이애나 루먼스 Diana Loomans

아빠는 어린 시절 제 영웅이셨죠.

아빠가 정말   인 줄 알았어요:

☐ 슈퍼맨   ☐ 배트맨

☐ 호크아이   ☐ 스파이더맨

☐ 아이언맨   ☐ 다스베이더

☐ 루크 스카이워커 ☐ 헐크

☐ _______________________

그때 부모님은 정말 용감하셨어요.

두 분은 제 삶에서   퍼센트를 차지하고 계십니다.

그 이유는   입니다.

'성탄절'이나 '명절' 또는 '생일' 같은 날이 되면 떠오르는 어린 시절
우리 집 풍경은요.

제가 어린 시절 너무 궁금했지만 여쭤볼 수 없었던 질문은요.

감사합니다. 그때 호되게 꾸짖어주셔서 정신 차리고 어긋나지 않을
수 있었습니다.

이 자리를 빌려 부모님께 엄숙히 약속합니다 :

- ☐ 편식하지 않겠습니다

- ☐ 일찍 자고 일찍 일어나겠습니다

- ☐ 5년 내에 1억 원을 모으겠습니다

- ☐ 용서하며 살겠습니다

- ☐ 기권하지 않겠습니다

- ☐ 무엇을 하든, 부끄럽지 않은 삶을 살겠습니다

- ☐ ______________________________

기회가 된다면 앞으로 두 분과 이런 일을 해보고 싶어요 :

- ☐ 오지 탐험   ☐ 크루즈 여행   ☐ 봉사활동   ☐ 리마인드 웨딩

- ☐ 제주도에서 한 달 살아보기   ☐ 우리 가족 일대기를 담은 책 한 권 만들기

- ☐ ______________________________

엄마 아빠, 절대 놀라지 마세요, 제가 지금 하는 이야기에.

노후 건강을 위해 꼭 권해드리고픈 취미활동이 있어요:

☐ 요가   ☐ 산책   ☐ 악기 배우기

☐ 자전거 타기   ☐ 명상   ☐ ____________________

박물관에 기증하고픈 두 분의 물건들이 있어요:

제가 두 분께 받은 최고의 깜짝 선물은요.

두 분께 '이런 모습이 있었나?' 하고 깜짝 놀랐던 적은요.

부모님이 역사 속 인물이라면, 아마도 이런 분들이 아니셨을까요:

- ☐ 전 세계를 두루 여행한 마르코 폴로
- ☐ 봉사를 통해 행동하는 아름다움을 보여준 오드리 헵번
- ☐ 청렴 선비, 다산 정약용
- ☐ 노벨상을 수상한 첫 번째 여성 과학자 마리 퀴리
- ☐ ______________________

두 분의 10년 운세를 제가 예언해보자면요.

생각해보면 부모님의 삶에 용기와 응원을 주었던
좌우명이나 명언은 이런 것이 아니었나 싶어요:

☐ 세상은 고통으로 가득하지만, 그것을 극복하는 사람들로도 가득하다

☐ 인생에서 가장 의미 없이 보낸 날은 웃지 않고 보낸 날이다

☐ 인생에는 서두르는 것 말고도 더 많은 것이 있다

☐ 희망은 어떤 상황에서도 필요하다

☐ ____

더 늦기 전에 두 분과 이곳을 여행하고 싶습니다:

- 설경을 바라보며 온천욕을 즐길 수 있는 일본

- 황혼의 배낭여행, 유럽

- 캠핑카 타고 떠나는 캐나다 여행

- 천하절경을 뽐내는 곳이 많은 중국

- ______________________________

스트레스에 대한 최고의 저항력은
'화목한 가정'이다.

한센Hansen

저는 절대 부모님께   을(를) 드리지 않을 겁니다.

정말 사랑하니까요.

- ☐ 새콤달콤한 _______________________
- ☐ 재미있는 _______________________
- ☐ 간단명료한 _______________________
- ☐ 매콤한 _______________________
- ☐ _______________________

그리고 우리 모두 좋아하지 않는 것들도 있지요:

- ☐ 너무 신 _______________________
- ☐ 지루한 _______________________
- ☐ 복잡한 _______________________
- ☐ 싱거운 _______________________
- ☐ _______________________

부모의 사랑은 내려갈 뿐이고 올라오는 법이 없다.
즉 자식에 대한 부모의 사랑은
자식의 부모에 대한 사랑을 능가한다.

클로드 아드리앵 엘베시우스Claude Adrien Helvétius

부모님께 배운 인생 교훈 1~5위는 다음과 같습니다.

1위 ______________________________

2위 ______________________________

3위 ______________________________

4위 ______________________________

5위 ______________________________

엄마 아빠를 생각하는 제 마음을 컵에 담아본다면요,
이만큼 차 있습니다.

엄마 아빠는 이런 분야에서 박사급 지식을 갖고 계시죠:

- 육아

- 독서와 공부법

- 술자리 예절

- 가족 간에 벌어지는 전쟁과 평화

- 사랑과 이별

- 어떻게 인생을 살아야 하는가

- ________________________________

만약 시간을 되돌려 제가 했던 일을 반복할 수 있다면,
이때의 일을 되돌리고 싶습니다.

그리고 가장 잘 나온 제 사진을 선물로 바칩니다.

부모님이 갖고 계신 책 중에서 제가 가져가 읽고 싶은 책이 있어요.

____

____

아빠는 다음 생에서는 이런 직업을 선택하시면 크게 성공하실 겁니다:

☐ 과학자, _________________________________ 때문에

☐ 패션 디자이너, _________________________ 때문에

☐ 변호사, _________________________________ 때문에

☐ 소설가, _________________________________ 때문에

☐ _____________, _________________________ 때문에

치매를 예방하기 위해 제가 권해드리고 싶은 것은요:

☐ 금연과 금주　　　　☐ 건강한 식습관

☐ 집중력을 향상시키는 두뇌활동(뜨개질, 구구단 등등)

☐ 규칙적인 산책　　　　☐ _______________________

전국에 중계되는 화려한 시상식에서 제가 최고상을 받는다면,
엄마 아빠께 이런 말을 하고 싶어요.

아, 정말 죄송해요.
지금껏 꼭꼭 숨겨뒀던 그때 일을 용기 내 고백합니다.

무뚝뚝해요　속이 깊어요　다정해요

슈퍼맨　재밌어요　척척박사

따뜻해요　책임감이 강해요　장난꾸러기

느긋해요　근엄해요　친구 같아요

잠이 많아요　힘이 세요　북슬북슬해요

사랑스러워요　센스 있어요　똑똑해요

섬세해요　서툴러요　미식가

엉뚱해요　비평가　든든한 지원군

아빠의 초상화를 여기에 그려봅니다. 못 그렸다고 너무 노여워 마세요!

함께 있되 거리를 두라

함께 있되 거리를 두라
그래서 하늘 바람이 그 사이에서 춤추게 하라
서로 사랑하라
그러나 사랑으로 구속하지는 말라

그보다 서로 혼과 혼의 언덕 사이에
출렁이는 바다를 놓아두라
서로의 잔을 채워 주되 한쪽의 잔만을 마시지 말라
서로의 빵을 주되 한쪽의 빵만을 먹지 말라

함께 노래하고 춤추며 즐거워하되
서로를 혼자 있게 하라
마치 현악기의 줄들이 하나의 음악을 울릴지라도
줄은 서로 혼자이듯이

서로 가슴을 주라

그러나 서로의 가슴속에 묶어두지는 말라

오직 큰 생명의 손길만이

서로의 가슴을 간직할 수 있다

함께 서 있으라

그러나 너무 가까이 서 있지는 말라

사원의 기둥들도 서로 떨어져 있고

참나무와 삼나무는 서로의 그늘 속에서 자랄 수 없다

칼릴 지브란 Kahlil Gibran

제가 엄마 아빠께 들은 최고의 칭찬은요:

- 역시 넌 한다면 해내는구나!

- 바르게 자라줘서 고맙다

- 그러한 상황에서도 침착하게 대응하다니! 네가 자랑스럽구나!

- 우리 마음도 헤아릴 줄 알고, 정말 다 컸구나

- ______________________________________

엄마 아빠가 지쳐 보일 때, 제가 하는 말은요:

- 힘내세요~ 제가 있잖아요!

- 누가 뭐래도 우리 엄마 아빠가 최고~

- 사랑해요 아주 많이!

- 제가 더 잘할게요!

- ______________________________________

두 분이 존경하는 인물이 누구인지 알 것 같아요. 그들은요.

두 분께서 제 부모님이 아니셨더라면 절대로 불가능했을 일은요.

- ☐ 반려동물 키우기
- ☐ 저축하기
- ☐ 예술 작품 만들기
- ☐ 요리와 베이킹
- ☐ 어른 공경하기
- ☐ 불타는 연애
- ☐ 청소
- ☐ 독서
- ☐ 어디든 쏘다니기
- ☐ 친구 사귀기
- ☐ 사람들 앞에 서기
- ☐ 디자인
- ☐ 글쓰기
- ☐ 노래
- ☐ 악기 연주
- ☐ 지치지 않기
- ☐ 선의의 거짓말
- ☐ 식물 키우기
- ☐ 수학과 과학
- ☐ 배려하기
- ☐ 쉽게 상처받지 않기
- ☐ ________________

- ☐ 혼자 밥 먹을 때   ☐ 좋은 음악을 들을 때
- ☐ 이런저런 걱정으로 마음이 심란할 때
- ☐ 몸이 아플 때   ☐ ___________________

엄마 아빠의 버킷리스트는 무엇일지 생각해보았어요.

엄마로부터 하도 자주 들어서
이제는 제가 먼저 꺼내기도 하는 말들은요:

- 휴대폰 챙겼니?

- 괜찮아, 다 잘될 거야

- 엄마 말 들으면 자다가도 떡이 생기지

- 돈 좀 아껴 써라

- 늘 멋지게 하고 다녀! 인연은 어디서 만날지 모르는 거니까~

아빠로부터 하도 자주 들어서
이제는 제가 먼저 꺼내기도 하는 말들은요:

- 10시 전에 들어와라

- 사람 조심해라

- 열심히 좀 하자

- 잘 먹고 다녀

- 뭐 해?

엄마 아빠께서 저에게 이런 말씀을 하실 때마다 기분이 좋아져요 :

- ☐ 아이구, 우리 강아지

- ☐ 맛있는 거 먹으러 가자

- ☐ 넌 할 수 있어! 자신감을 가져!

- ☐ 여행 갈까?

- ☐ ___________________________

엄마 아빠께서 저에게 이런 말씀을 하실 때마다 슬퍼져요 :

- ☐ 요즘 들어 기운이 없네

- ☐ 입맛이 없구나

- ☐ 늘 네 곁에 있을 순 없어

- ☐ 혼자서도 잘할 수 있어야 해

- ☐ ___________________________

어린 시절부터, 제가 시련을 겪을 때마다 부모님이 해주셨던
이야기나 행동은요.

엄마 아빠께서 알려준 것 중에서 실제로 인생에 도움이 되는 삶의 지혜
는요:

- 누워 있지 말고 끊임없이 움직여라

- 양치질을 거르면 안 된다

- 하루에 하나씩 즐거운 일을 만들어라

- 마음에 들지 않아도 웃으며 받아들여라

- 모여서 남을 흉보지 말라

- _______________________________

이 세상에는 여러 가지 기쁨이 있지만,
그 가운데서 가장 빛나는 기쁨은 가정의 웃음이다.
그다음의 기쁨은 어린이를 보는 부모들의 즐거움인데,
이 두 가지의 기쁨은 사람의 가장 성스러운 즐거움이다.

요한 페스탈로치 Johann Heinrich Pestalozzi

손에 쥐기만 하면 엄마 아빠가 떠오르는 물건 :

☐ 늘 걸치고 계시던 가디건

☐ 신문 보실 때마다 찾으시던 안경

☐ 함께 커피를 마시던 커피잔 세트

☐ 외출할 때마다 뿌리시던 향수

☐ 비 오는 날 늘 데리러 와준 부모님의 손에 있던 내 우산

☐ ____

저만 알고 있는 엄마 아빠의 습관(버릇)이 있는데요:

72

- [ ] 불편한 것이 있으시면 늘 귀를 만지작거리세요

- [ ] 회사에서 좋은 일이 있으시면 늘 케이크를 사오세요

- [ ] 속상한 일이 있으시면 늘 따뜻한 차를 끓여 드세요

- [ ] 스트레스 받으시면 식사를 거르세요

- [ ] _________________________________

- ☐ 밤새 옆에서 토닥여주셨죠

- ☐ 아침마다 매일 다른 종류의 죽을 끓여주셨죠

- ☐ 매일 보송한 이불로 잠자리를 챙겨주셨죠

- ☐ 제가 약을 안 먹을까봐 옆에서 지켜보셨죠

- ☐ ____

부모를 섬길 줄 모르는 사람과 벗하지 말라.

왜냐하면 그는 인간의 첫걸음을 벗어났기 때문이다.

소크라테스Socrates

제가 ___________ 라고 할 때, 엄마 아빠는 쉽게 받아들이지 못하실

거예요:

☐ 독립하겠습니다

☐ 혀에 피어싱하고 싶어요

☐ 더는 행복하지 않아요

☐ 결혼하겠습니다

☐ ______________________

'우리 집' 하면 떠오르는 단어 열 개:

엄마 아빠가 알려준, 숙면을 취하는 방법:

☐ 매일 같은 시간에 일어나기

☐ 낮에 부지런히 움직이기

☐ 휴대폰을 최대한 멀리 두기

☐ 귀찮아도 족욕이나 반신욕을 습관화하기

☐ ___________________________________

제 사춘기 시절에 엄마 아빠가 이렇게 해주셔서 정말 감사했어요.

76

가장 최근에 엄마 아빠 그리고 _______ 와(과)
함께한 잊지 못할 순간은 _______________ 입니다.

- 엄마 아빠가 서로 의지하실 때

- 건강하실 때

- 취미활동을 열심히 하실 때

- 좋은 생각만 하려고 노력하실 때

- ___________________________

- 감정을 숨기실 때

- 몸이 아프실 때

- 서로 심하게 다투셨을 때

- 끼니를 거르실 때

- ___________________________

제가 만약 아이를 낳는다면
엄마 아빠와 제 아이의 이러한 모습을 상상해요 :

☐ 엄마 아빠와 제 아이가 장난감을 구경하는 모습

☐ 엄마 아빠가 저와 제 아이의 사진을 찍는 모습

☐ 아빠는 신문을 읽고 제 아이는 그 옆에서 그림 그리는 모습

☐ 엄마가 귤을 하나씩 까서 제 아이의 손에 쥐여주는 모습

☐ ____

엄마 아빠가 만류한 덕분에 하지 않은 일,
그 말을 듣길 참 잘했다 싶어요.

반대로 엄마 아빠 말을 듣고 하길 잘했다 싶은 일은요.

어머니와 나는 수도 없이 부딪쳤지만
어머니는 그걸 즐기셨던 것 같다.

마크 트웨인 Mark Twain

어렸을 적 어느 여름날 밤 아버지와 함께 집 주위를 걸었던
기억은 어른이 되고 난 후에도 계속 내 머릿속에서 맴돌았다.

앤디 루니 Andy Rooney

엄마 아빠와 일주일에 평균 몇 번 통화하나요? :

☐ 매일 아침저녁으로

☐ 매일 한 번씩

☐ 주 3~4회

☐ 주 1~2회

☐ ______________________

엄마 아빠는 전화 통화를 마칠 때마다 이 말로 마지막 인사를 합니다.
그걸 듣고 나면 왠지 기분이 좋아집니다:

☐ 차 조심해

☐ 밤 늦게 다니지 말고!

☐ 사랑해

☐ 잘 챙겨먹고 다녀

☐ ______________________

엄마 아빠는 제가   을(를) 덜 하기를 바라고,   은(는) 더 많이 하기를 바랍니다. 앞으로 더욱 노력하겠습니다. 약속할게요!

☐ 지금의 저는 없었을 겁니다

☐ 지금 제가 가진 매력의 절반도 못 미칠 것입니다

☐ 솔직히 말해서, 저는 태어나지도 못했을 거예요

☐ 생각도 하기 싫어요

☐ _______________________________________

엄마 아빠가 이런 일까지 해내실 거라고는 상상도 못했습니다. 정말 멋져요!

이제야 엄마 아빠에 대해 이해하는 것들이 있어요.

지금 돌아보니 엄마 아빠는 이때 굉장히 힘든 시간을 보내신 것 같습
니다.

엄마 아빠 이름에는 각 글자마다 소중한 의미가 담겨 있습니다.
각각의 글자로 삼행시를 지어볼게요.

지금 내가 사는 집(방)에서 엄마 아빠를 상기시키는 물건은:

- 엄마가 만들어준 베갯잇

- 아빠가 호신용으로 사준 호루라기

- 아빠가 분갈이해준 화분

- 엄마 아빠와 함께한 여행지에서 사온 엽서

- ______________________________

엄마 아빠가 알려준 효과적인 민간요법:

- 딸꾹질이 나면 숨 참고 물 마시기

- 불면증에는 대추 달인 물 마시기

- 피부에 가시가 깊이 박혔을 때는 부추를 짓이겨 바르기

- 코가 막혔을 때, 생강 분말을 꿀에 섞어 콧구멍에 바르기

- ______________________________

저의 학창 시절에 있었던 그 일을 기억하나요?

그때 엄마 아빠는 저를 위해….

엄마 아빠의 학창 시절은 저의 청소년기보다 더욱 힘들었을 것 같습니다. 그 이유는요.

- 연락을 자주 하실 때

- 함께 식사하는 일이 점점 줄어들 때

- 매주 함께하던 일을 엄마 아빠 두 분이서만 해야 할 때
  (영화 보기, 자전거 타러 가기 등)

- 애교쟁이였는데 어느 순간 무뚝뚝한 자식이 되었을 때

- ____

어린 시절, 우리 가족이 주말에 했던 일들 가운데 제가 가장 즐겨 했
던 것은요.

지금 이 순간 엄마 아빠께 보내고 싶은 문자 메시지는요.

모두 다 꽃

장미는 어떻게
심장을 열어
자신의 모든 아름다움을
세상에 내주었을까?

그것은
자신의 존재를 비추는
빛의 격려 때문

그렇지 않았다면
우리 모두는
언제까지나
두려움에 떨고 있을 뿐

하피즈 Hafiz

만약에 엄마 아빠를 위해 이 세상의 누구든지(과거, 현재, 미래로부터)
초대해 오후를 함께 보낼 수 있다면, 그 사람은요.

이 세상 어디든 엄마 아빠를 모시고 갈 수 있다면,
저는 엄마 아빠를   (으)로 모시고 갈래요.
그 이유는요.

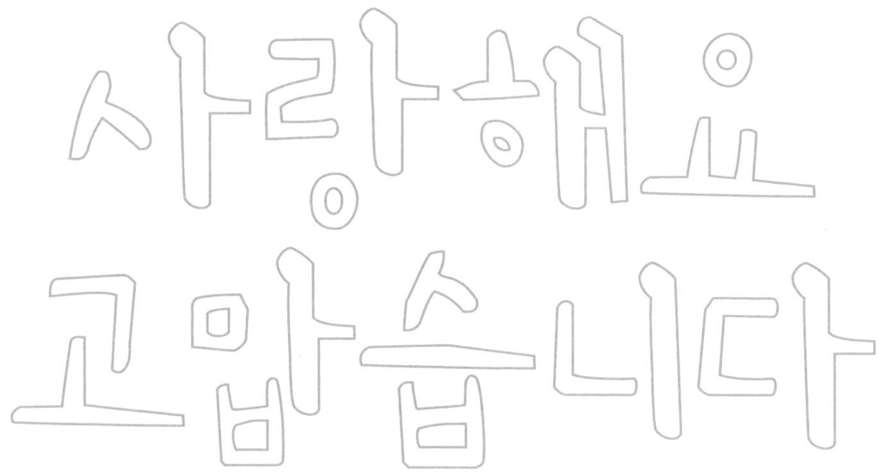
사랑해요
고맙습니다

엄마 아빠가 제게 이렇게 이야기해주신다면,
저는 더할 나위 없이 기쁠 거예요:

- ☐ 너의 판단을 믿어

- ☐ 네 꿈을 지지해

- ☐ 열심히 했어~ 이젠 여유를 좀 가져봐

- ☐ 언제나 네 편이야

- ☐ _______________________________

엄마 아빠는 제가 _______________________만 해도
제 기분이 어떤지 알고 위로해주시죠.
그럴 때마다 진심 감동입니다!

엄마 아빠가 제게 얼마나 소중하냐면요.

엄마 아빠!
우리 이것만은 약속해요.

엄마 아빠를 위해 제가 준비한 감사쿠폰이에요(밑줄을 직접 채워보세요).

엄마 아빠와 제 사이에 있었던 추억들의

아주 작은 일부분일 뿐입니다.

우리 사이에는 더 많은 이야기가 있고

앞으로도 더욱 행복한 일들이 펼쳐질 것입니다.

마지막으로 엄마 아빠께 꼭 전하고 싶은

소중한 한마디를 남기며

이 글을 마치고자 합니다.

글 **열하** 대학에서 철학을 공부하고 출판기획자와 편집자로 오랫동안 일하고 있다. 책을 만들면서 여러 나라를 여행했고, 많은 사람과 시간을 함께하며 삶의 다양한 풍경을 마음에 담았다. 돌아와 멈출 수 없는 사랑에 관한 따뜻한 이야기를 전하는 데 힘을 쏟고 있다. 지은 책으로 《사랑하니까 사람이다》가 있다.

내가 엄마 아빠를 사랑하는 이유는

1판 1쇄 발행 2018년 4월 23일
1판 2쇄 발행 2018년 5월 21일

지은이 열하
발행인 오영진 김진갑 발행처 (주)심야책방
책임편집 김율리 기획편집 임나리 심설아 함초롬 디자인총괄 안윤민
디자인 씨오디 마케팅 박시현 박미애 신하은 박준서 경영지원 이혜선

출판등록 2013년 1월 25일 제2013-000028호
주소 서울시 마포구 월드컵북로5가길 12 서교빌딩 2층
전화 02-332-3310 팩스 02-332-7741
블로그 blog.naver.com/midnightbookstore
페이스북 www.facebook.com/tornadobook

ISBN 979-11-5873-105-2 13810

이 도서의 국립중앙도서관 출판예정도서목록(CIP)은 서지정보유통지원시스템 홈페이지(http://seoji.nl.go.kr)와 국가자료공동목록시스템(http://www.nl.go.kr/kolisnet)에서 이용하실 수 있습니다.
(CIP제어번호 : CIP2018009009)